김선환 · 이종렬
시조 서화집

근화향(槿花鄉)에 서서

김선환 · 이종렬
시조 서화집

근화향(槿花鄉)에 서서

🏵 ㈜이화문화출판사

시조 목차

서화 목차

시조 목차

서화 목차

시작에 부쳐

    시조집을 출간하기 오래 전부터 서예가와 문인화가로 평생을 활동해 오신 어머니의 작품을 도록화 하고 보존하여 기리려 하였습니다. 그러나 당신이 떠난 후에 자식과 후손들이 몇 점의 작품을 잘 간직하고 기억하는 것으로 만족하려는 소박한 성품 탓에 도록화를 성사시키지 못하였습니다. 이 점이 늘 아쉬웠는데 시조집을 내면서 어머니의 작품을 실어보려는 생각을 하게 되었습니다. 자식이 처음 내는 시조집이 빛날 것이라는 몇 차례 설득 끝에 허락을 얻어 공동으로 시조 서화집을 내게 되었습니다. 이 쯤에서 시조와 그림의 수준차가 커 그 또한 누가 될 것 같은 두려움이 엄습해 시조 서화집 출간이 작은 효도를 하는 것이라는 내심 짧은 생각도 사라져 버렸습니다. 서화 작품은 미술관과 출판사에 보유 중인 자료와 추가로 몇 가지를 찾아 준비를 하였습니다.

    문단에 들어온 지 일천한 경력으로 첫 시조집을 내려는 시도가 용기인지 만용인지를 고민하면서 조심스럽게 시조 서화집을 상재합니다.

    본 시조 서화집은 자식을 위해 평생 자신의 삶을 엄격히 제한하신 어머니 일죽 이종렬 화가에게 바칩니다.

2019년 8월

시인, 아동문학가, 수필가   김 선 환
한남대학교 화학과 교수 이학박사

1부

무대책

갑자기 찾아오는
겨울에 당황하여

가을 옷 준비 못해
찬바람 들어온다

어찌해
계절마저도
이 마음을 모른다

天地与我並生萬物与我爲一
辛卯春吉辰一升

萬物與我爲一　70×135cm

한라산

눈 내린 산에 올라
서귀포 내려 보니

사방에 푸른 파도
가슴속 일렁인다

저 파도
곱게 접어서
사랑편지 보낸다

清美心　35×135cm

생명의 힘

바다여 파도들아
그대는 나의 친구

짠 기운 가득 담은
생명의 원천이네

나 또한
그대를 닮아
세상소금 되리라

清清四時　35×135cm

기후변화

하나 둘 사라진다
나무와 짐승들이

생명이 멸종하는
뜨거운 푸른 행성

마지막
붉은 빛 울음
온 우주에 퍼진다

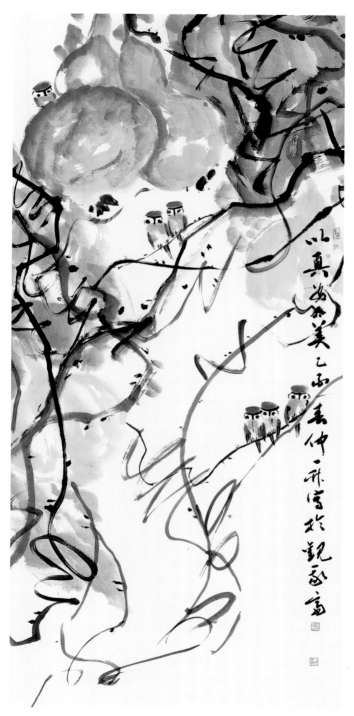

鳥語秋聲　70×140cm

노후

은퇴한 사람들아
일없다 놀지 말고

시골로 낙향하여
농산물 지어 보세

땀 흘려
얻는 즐거움
더 큰 행복 없다네

無求於物 50×35cm

은퇴

새로이 시작하는
인생길 다급하다

챙기지 못한 일이
뒷길에 흩어지고

마음만
앞서 나가는
또 한 번의 과욕들

富貴無窮·1 33×24cm

꿈속을 헤매다

멈출 수 없는 것이
우리네 인생살이

그래도 언젠가는
모든 것 정지하네

꿈이라
생각해 봐도
한 순간의 일일세

萬世長樂　50×135cm

인생

밤늦게 책을 보다
인생을 생각한다

처음도 아닌 일에
가슴이 저며 온다

언제나
사랑 이외는
만들 답이 없는 것

君子之行　35×135cm

할아버지

은하수 별빛 따라
새 생명 태어나니

어디서 만나 본 듯
낯익은 모습일세

하늘이
내려준 천사
내 손녀가 안기네

吾愛梅竹 60×152cm

심화

비 오는 회색 하늘
저녁놀 지워지고

마음속 타오르는
모닥불 꺼져가네

어쩌다
피어 오른 꽃
비바람에 꺾이네

明月滿懷梅花作骨
春風在抱瑞水為神

丁丑仲秋 一升

明月滿懷　35×135cm

낮잠

그대의 손을 잡은
무더운 백주 대낮

얼굴을 부비면서
사랑을 나누었네

애꿎은
담양 죽부인
가쁜 숨을 몰아쉬네

不可居無竹　35×140cm

꿈

무궁화 열차 타고
문상을 갔다 오네

사는 것 낮잠 자는
한낮의 꿈꾸는 길

덧없이
흐르는 구름
산을 넘어 사라지네

富贵　50×140cm

그래요 그래

그대의 말씀 말씀
모두 다 맞는군요

참으로 논리정연
세련된 언어구사

그 말씀
남의 말씀에
얹혀 지지 않기를

歡喜　54×39cm

후회

지나간 모진 세월
바다 속에 가라앉고

가야만 하는 길은
안개에 휩싸인다

차라리
이 자리에서
망부석이 될꺼나

새해아침 50×40cm

겨울 밤

북쪽의 세찬 바람
빈가를 감싸드니

눈꽃이 만발하여
어둠 속 반짝이고

고드름
길게 늘어져
마음속을 찌르네

智慧之子使父喜樂
愚昧之子為母所憂
犯義之財毫無所裨益
惟公義始能救人於
死善人主祐之而饒
惡人主使之不得所
貪懶惰手情志必貧
殷勤謀事之手情志必富
手勤者必富

箴言第十章一～四節

丁丑孟春一升敬書

箴言　53×35cm

자연파산

노래할 자연들이
대낮에 죽어가고

시인과 화가들이
밤사이 쓰러진다

김삿갓
지나다 한 수
헛고생들 했구만

平生懷直道 對之欣悅 癸己春 一叶堂

平生　45×128cm

비상

무거운 구름덩이
비 내려 털어내니

가벼운 새털구름
하늘로 날아든다

세월에
젖은 내 마음
날갯짓을 해 본다

采菊东篱下 悠然见南山 戊寅秋 一升

彩菊 50×135cm

2부

쌍다리의 추억 · 2

다리 위 수북하게
쌓이는 담배꽁초

끝단을 잘라 모아
연초를 살려내고

한 모금
권련지 인생
연기 속에 퍼진다

救援 54×35cm

사랑의 속성

밤하늘 별빛처럼
사랑은 반짝반짝

새벽녘 다가오면
그 빛은 떠나버려

사람들
평생 헤맨다
사라진 빛 찾아서

壽福　54×45cm

꿈속의 사랑

꿈속에 얼싸안고
사랑을 나누었네

그이가 누구인가
그리워 생각하니

안개 속
아련한 모습
기억 속을 맴도네

達哥林多人前書第十三章
愛乃寬忍慈悲矣
不嫉妒愛不矜誇
不驕傲不妄為不
圖己和不遷怒不
念惡而喜犯義乃
喜真理凡事包容
凡事存信凡事冀
望凡事忍耐
丙子秋仲一升恭書

고린도전서 52×38cm

53

수국

메마른 들판 위로
비 내려 적셔주니

물기를 가득 담고
피어난 꽃 한 송이

가슴에
하늘을 담고
흔들리는 푸른 빛

富貴無窮·2　50×135cm

화석의 소리

너무나 머리 좋은
종들은 사라져라

호모*들 흥청망청
모든 삶 사라지네

다시는
볼 수 없는 것
땅속 깊이 가득해

*호모 : 호모 사피엔스(현생 인류)

和鳴　35×135cm

밴댕이 말씀 · 1

밴댕이 소갈지가
무엇이 문제되나

내 살 곳 아니거든
죽음을 택하거늘

허심이
그득한 사람
오래오래 살게나

鳥蘭 55×26cm

밴댕이 말씀 · 2

밴댕이 내장 줄여
살코기 키웠더니

싱싱한 회를 쳐서
한입에 먹어대네

성질이
더럽다는 걸
왜 즐기고 있는가

가을 54×30cm

사임당 사모곡

고향의 어머니를
화폭에 담아내니

아득한 저 산 너머
서편에 지는 노을

마음은
구름을 타고
강릉으로 향한다

富貴長樂・1 50×40cm

월하고주도(月下孤舟圖)[*]

기러기 날아가고
외로운 돛배 한 척

도연명 빼어난 시
그 뜻을 담아내니

사임당
마음 이런가
저문 강이 아득하다

*신사임당이 그린 회화 작품

和愛・1　55×26cm

초충도(草蟲圖)[*]

사임당 붓을 들어
그려 본 자연 속에

풀들이 살아나고
곤충들 노래할 때

사라진
조선 오백년
그림 속에 생생하다

*신사임당이 그린 식물과 곤충그림

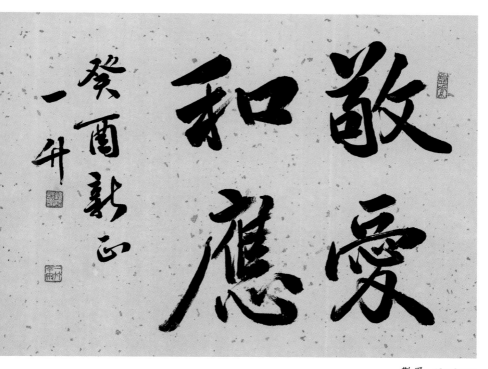

敬愛　48×34cm

진경산수화(眞景山水畫)[*]

빼어난 우리 강산
상상이 필요없다

사방이 기기 묘묘
오묘한 자연 풍경

화선지
붓질 한 번에
하늘 신선 내려온다

*진경산수화 : 실제 경치를 보고 그리는 조선의 화법

平安 35×135cm

세족도

흐르는 냇물 속에
두 발을 담아보니

구름은 무심한 듯
발등을 지나가고

간간히
부는 바람결
젖은 마음 달랜다

건너편 한쪽 구석
외로운 해오라비

물속을 들여 보며
무엇을 생각하나

너와 나
타는 속마음
물결 따라 흐른다

幽香总忧 癸巳春竹一研

忘憂 35×135cm

물감사랑

너와 나 한 몸으로
붓끝에 섞여질 때

꽃피는 봄이 오고
푸르른 여름 된다

완벽한
우리의 사랑
인간들은 안 되네

사랑해 사랑해줘
사랑해 사랑한다

그놈의 사랑사랑
아무리 외쳐 봐도

색깔을
내지 못하는
인간들은 불쌍해

참됨 44×33cm

일몰구경

수월봉 올라가서
낙조를 바라보니

시원한 바람결에
근심은 사라지고

빈 마음
노을빛으로
가득 차서 날리네

저무는 지평선은
붉은 빛 물감 풀고

바다는 말도 없이
어둠을 덧칠할 때

나그네
길을 따라서
별빛들이 내리네

牡丹 33×24cm

개화

말없는 중년남자
과묵해 좋다지만

쌓이는 사연들이
마음속 가득 차네

더 이상
가둘 길 없어
장시조로 쏟는다

밀납된 정감들이
가슴에 녹아 내려

퍼지는 소리소리
춤추는 삼장 육구

한 아름
피어난 노래
글 꽃향기 퍼진다

醉中無老少詩上盡名山
渠亦知春暮鵑啼綠樹間

月洲先生詩 遊山 甲午夏至節 玄孫李鍾烈敬書

越州先生詩 35×135cm

지구 마지막 날

정치가 모여들어
우주선 만원이네

자자한 원망소리
무지한 백성 탓탓

갈 곳은
어디 없어도
우선 타고 보세나

잘 가라 오지마라
남은 자 손 흔들며

우리는 이 땅에서
흙으로 돌아가리

다가올
억겁의 시간
다시 도는 우주 원리

君子德 55×26cm

3부

칭송 사임당

사임당 뜻을 높여
안견을 사숙하고

자연을 벗을 삼아
그림 공부하니

사대부
여인들과는
다른 꿈을 꾸었네

그리는 그림마다
생명이 살아나고

수풀 속 풀벌레들
소리쳐 노래할 때

그림 속
금수강산이
무릉도원 같구나

美人一笑　35×25cm

별빛여행

저 멀리 별빛들이
외딴 집 찾아오네

창밖의 한 줄기 빛
방안에 들어찰 때

어둠에
잠겼던 영혼
새벽하늘 치솟네

하얀 빛 허공 너머
하늘로 솟구칠 때

잠자던 나무들이
놀라서 흔들리고

푸른 빛
어린 새 하나
흔적 따라 오른다

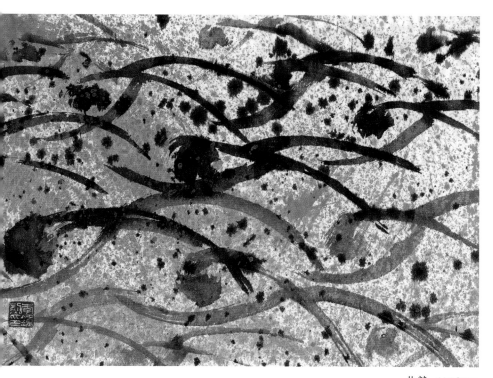

共榮　44×35cm

몽유도원도*

꿈길을 걸어가서
도원을 찾아 가네

복사꽃 만발하여
은향이 그득한데

마음은
구름을 타고
발걸음은 제자리

황금빛 무릉계곡
안개 속 어룽이고

자라난 세상 걱정
눈앞을 가리우네

먼발치
아쉬움 두고
돌아가는 뒷걸음

*조선조 화가 안견의 그림

深林獨芳不求諛賞
丙子初冬寫於涵仁堂一舟

深林獨房 35×140cm

은사도(隱士圖)[＊]

상복에 지팡이는
그대의 슬픔인가

인생의 덧없음이
화필로 배어나네

가던 길
멈추고 앉아
내 술 한 잔 받게나

한동안 쉬어가도
가는 길 멀지 않아

그림에 못 다한 말
술잔에 담아내세

그대와
나누는 정담
황금빛이 머무네

＊은사도: 조선조(인조 효종시대)의 신필 김명국의 그림

澄心善照一秋寫

證心善照 35×70cm

탐라 귀농

농사를 짓겠다고
한라산 들어오니

온 사방 파헤치고
농토는 간데없다

곶자왈
검은 숲으로
불어오는 투기풍

회오리 바람결에
탐라국 들썩이고

분무기 트랙터가
길가에 나뒹굴 때

잠자던
돌하루방이
깨어나서 두리번

老子云道 35×135cm

개돼지의 노래

개고기 돼지고기
맛있게 먹으면서

우리를 욕만 하네
인간들 거울 보게

작은 입
하나 가지고
거침없이 두 말을

개돼지 모여 앉아
심각한 회의한다

애초에 잘못이야
인간들 함께 한 것

이제는
돌아가리라
어머니 품 자연으로

小屋青山侵席冷四隣白酒捧杯催樵兒釣叟懽成友恣意家家芙語開

壬辰冬錄丁若鏞先生詩 飛來李鍾烈

禮書 35×70cm

93

내일의 금수강산

강산에 병이 드니
그 환부 너무 크다

의원은 어디가고
흙바람 불어온다

돈 쫓는
미련한 후손
사라진다 내 살 곳

그나마 남은 땅이
태양판 번쩍일 때

말없는 푸른 강물
하늘로 오르더니

내릴 곳
찾아 돌다가
대양바다 향한다

나리 33×24cm

난설헌을 그리며

숨쉬기 어려워라 조선의 남자 세상
여인의 세월들이 어둠에 빨려들고
답답한 초희* 마음이 시 한 수로 빛나네

앞서 간 자식들을 눈앞에 두고두고
어깨 위 새벽별이 하얗게 부서질 때
그리운 서왕모* 세상 망선요*를 부르네

꿈꾸는 임 생각에 낮달이 흐려지고
나르는 외기러기 노을 빛 따라갈 때
붉은 빛 부용꽃 하나 바람 속을 구르네

*초희 : 허난설헌의 본명
*서왕모 : 중국 신화 전설등에 등장하는 여신
*망선요 : 허난설헌의 시

祈禱 39×30cm

시조 한마당

자수도 못 맞추는 시조가 말이 되나
기껏 해 살린다고 몸통을 해체하네
맘대로 수술한 시는 시절가요 아니네

자수를 맞춘다고 시조가 다 되는가
운율을 노래해야 정형시 살아나네
버려둔 온고이지신 먼지 털어 살리세

고시조 현대시조 구분은 원래 없네
조상의 풍류 배워 후손도 사용하세
흑립 갓 도포 없어도 풍악소리 들리네

다람쥐 33×24cm

추사(秋史)* 하루

배 타고 바다 건너 멀고 먼 귀양길을
무사히 도착하니 성은이 망극하나
혼자서 보내는 시간 외로움이 쌓이네

지는 해 친구 삼아 큰 소리 불러보니
좁다란 툇마루에 노을 빛 흔들리고
두고 온 임의 얼굴이 서쪽 하늘 그득해

귀하신 어명 덕에 책 읽고 글을 쓰니
대정현* 무릉도원 어디 또 있으리오
붓 끝에 온 힘을 모아 예술경지 펼치네

*추사 : 조선시대 문장가이자 서예가 김정희의 호
*대정현 : 지금의 제주도 대정읍

寫生 35×25cm

황진이 사랑

한 송이 외로운 꽃 지내기 쉽지 않네
문지방 닳아지게 찾아 온 사대부들
시 한 수 주고받다가 명월* 속에 잠드네

벽계수 지족선사 조선의 최고 군자
붉은 꽃 진향 속에 허울이 벗겨지고
두 근 반 심장소리에 살아나는 얼굴 빛

서화담* 맑은 물이 계곡을 지나가고
바위에 활짝 핀 꽃 애써서 외면하나
곁눈질 경덕 속마음 물결 위에 떠가네

*명월 : 황진이의 기명
*서화담 : 조선 중기의 유학자 서경덕의 호

石壽萬年花香四時
丙子仲冬寫於太和軒 一升

石壽萬年　35×135cm

기다림

사랑이 내게로 와 온 세상 꽃이 피네
피어난 꽃송이들 바람에 흔들리고
내 마음 갈피 못 잡아 화병 속에 담고저

보고자 그림으로 그리는 붉은 송이
비단 속 꽃송이가 꿈인 듯 만발하고
방안에 퍼져 나가는 향 내음에 물드네

어쩌다 속절없는 기대가 이루어져
하늘 빛 내려 앉아 가슴속 문 열리고
사랑에 취해 보는 것 아름다운 꿈인 걸

富貴無窮·3 58×143cm

쌍다리의 추억 · 1

개울가 빨래터에 옷가지 삶아지고
햇볕에 드러누운 고단한 삶의 껍질
무심한 은빛 송사리 물결 따라 춤춘다

저 멀리 들려오는 재건대 노래 소리
흐르는 개울물에 묻히는 저녁 어둠
자갈밭 노천 숙소에 쏟아지는 별똥별

사라진 다리 위로 소년이 뛰어가고
퍼 올린 푸른 기억 아이들 재갈거림
벌어진 시간 틈 사이 스며드는 가을 빛

秋光畅怀

乙亥秋 一秋

秋光　65×45cm

여정

시공을 주름잡아 이제야 도착했네
멀고 먼 가시밭 길 그 누가 알아주랴
내 마음 깊고 깊은 속 나조차도 모른다

지나온 세월 흔적 눈앞에 펼쳐보니
수없이 솟아 오른 생활의 상처 자국
세상에 유일한 작품 내가 만든 인생사

이제는 등허리 짐 가볍게 내려놓고
마음을 털어내어 넓어진 무상 공간
남은 길 피어오르는 꽃향기로 채운다

在天吾父顯介名聖
爾國臨格爾旨得成
在地如在天焉所需
此糧今日賜我免我
之債如我亦免負我
債者勿使我遇試惟
拯我於惡蓋國與權
與榮皆爾所有至於
世迄阿們

瑪太福音六章九～十三
虛和堂一尗

주기도문 62×46cm

연륜

아무 일 없다는 것 얼마나 다행인가
일상의 지루함에 무언가 기다리다
불시에 다가오는 건 풀어야 할 호구책

돌아본 인생길은 칼날 위 춤추는 것
위험한 곡예 춤에 손에서 땀이 나고
둥둥둥 뛰는 마음을 진정할 길 없어라

평범한 하루하루 소소한 일상들이
행복을 키워내고 만들고 있다는 걸
지평에 붉은 노을이 젖어드니 알겠네

黃花滿遠香　55×26cm

무궁화

한 구석 홀로 피는 저 꽃은 누구더냐
백색의 가슴속에 간직한 붉은 심지
어둠 속 대한민국 꽃 무궁화가 시든다

해 뜨는 이른 새벽 다시 핀 무궁화 꽃
오늘도 피어올라 그 뜻을 알려 주니
영원한 목근 생명력 대적할 자 누군가

태극기 휘날리는 삼천리 방방곡곡
무궁화 피어올라 온 누리 퍼져나라
오천 년 근화향 역사 영원 하라 나라 꽃

耐寒東籬菊
甲卯仲秋一亭寫

겨울국화 45×65cm

4부

그림을 그리며

흰 종이 꺼내 놓고 인생을 그려 본다
사는 것 낮잠 자는 한낮의 꿈꾸는 일
덧없이 지나는 세월 산을 넘어 흐른다

푸른 꿈 사랑으로 싹틔워 길을 내고
자연에 순응하여 생명 길 이어내니
무지개 일곱 빛깔로 하늘 문이 열린다

꿈속에 그린 그림 꽃무리 그득하고
빛 타고 내려오는 별들이 촘촘한데
붉은 꽃 한줄기 섬광 온 천지를 태운다

秋光花紅　70×140cm

꿈의 고향

꽃들이 피어나서 바람에 노래하고
구름은 하늘 위로 그림을 그려놓고
내 마음 흘러가는 곳 멀고도 먼 고향 길

하얗게 텅 빈 마음 그리움 가득차고
멀리서 들려오는 은밀한 임의 소리
온 몸을 휩싸고 도는 신비로운 꽃향기

애타는 기다림에 가슴이 타버리고
고향의 푸른 바다 눈앞에 넘실댄다
꿈에도 그리워하며 갈 수 없는 내 고향

富贵无穷

癸巳初夏一研辉评

牡丹竹 35×135cm

생생

지나온 세월 길은 속모를 깊은 산속
검은 숲 사이사이 숨어든 하늘거림
마음속 빛나는 보석 생명줄을 잇는다

등에 진 무거운 짐 바람을 얹어가고
초록빛 풀 향기로 마음을 비워내니
들리는 하늘의 소리 가슴속이 열린다

인생은 오직 하나 돌아갈 수 없는 길
한 숨에 한 걸음씩 굽이쳐 올라보니
산 너머 석양 하늘 빛 흰 머리가 물든다

吾愛蘭石　48×135cm

허수아비

비오는 들판 위에 서있는 마른 사람
헤진 옷 펄럭이며 말없이 팔 벌리고
바람이 빈 가슴속을 무심하게 지난다

농사에 손을 놓고 사람마저 떠난 자리
작물도 누워버려 긴 잠에 들어가고
쓸쓸히 외롭게 서서 그 누구를 기다리나

구름이 지나가다 멍하게 지켜보고
뒷산도 목을 빼고 그림자 늘어질 때
농사꾼 기다리는 맘 망부석이 되었네

幸福 50×35cm

억새

햇살이 줄을 긋는 적막한 능선에서
슬픔이 넘쳐 흘러 모두가 쓸린 흔적
빈 대궁 몸을 지탱해 살아가는 불사조

외로운 마음으로 친구를 불러낼 때
들묵새 호오리새 물뚝새 손짓하고
퍼지는 산방꽃차례 솜털 송이 날린다

둔덕 위 무리지어 바람을 휘저으며
날렵한 흰 새 되어 허공을 차오를 때
말없는 고고한 비상 노을빛에 안긴다

秋聲 50×40cm

설야

동백 목 붉은 꽃 위 눈송이 다시 피고
휘영청 보름달 빛 가슴에 내려올 때
애타게 그리운 마음 눈길 속을 달린다

밤새껏 임 생각에 달빛이 서성이고
멈칫한 어둠 깃이 문틈에 걸쳐질 때
홀연히 들리는 소리 버선발로 나선다

속 깊어 슬픈 사람 눈 위에 홀로 서서
평생을 한결같은 사랑에 가슴 지며
바람 속 날리는 눈물 긴 그림자 지운다

四時不變 55×26cm

세월의 꽃

그리운 님이시여 내 말을 들어 보소
온다는 약속 날짜 지난 지 수 년인데
가을에 부는 바람결 소식 없어 야속해

꽁꽁 언 추운 겨울 조용히 오실까봐
눈 오는 저녁 무렵 창문을 열어놓네
그대의 발자국 소리 내 귓가에 들리게

내년 봄 이른 아침 철쭉 꽃 가득 피워
그대가 왔다 감을 넌지시 알려주면
가슴에 빈 공간 가득 슬픈 행복 채울게

富貴無窮・4　35×135cm

모란꽃

화중왕(花中王)[*] 칭송소리 한 여름 바람인가
간사한 인간 마음 변덕이 죽 끓듯해
겨울철 북풍바람도 그 뿌리는 한 줄기

부귀화(富貴花)[*] 장안 떠나 호젓한 산에 올라
저 아래 내려 보니 검붉은 먼지 가득
답답한 인간들 세계 내 살 곳이 아니라

모란꽃 잠깐 피고 조용히 지는 것은
혼자서 고독한 것 스스로 즐김이야
이 세상 모든 생명들 홀로 왔다 홀로 감을

*화중왕, 부귀화 : 모란의 다른 이름

守真志滿一生無憂

癸已春一升

一生無憂　35×135cm

다정한 이웃

잘 봐라 우리 이웃 믿을 것 아닌 것을
속없이 자연훼손 놀이터 만들더니
쓰레기 먼지 날리고 눈물만이 흐르네

온 나라 속국처럼 한 나라 추종하니
그 나라 신이 났네 맘대로 목줄 다니
이렇게 말을 잘 듣는 이웃국가 또 있나

수천 년 당하고도 정신을 못 차리고
그 나라 사람에게 제 속을 내어 줘도
아직도 내 몸 빈 것을 느끼지도 못하네

富貴無窮・5 35×135cm

신화는 살아있다

온 종일 내린 비가 곶자왈 지나갈 때
뜨거운 눈물 되어 바다로 흘러들고
잘려진 허파 속에서 가쁜 숨을 토한다

곶자왈 깔아뭉개 어둡던 숲속들이
대낮의 도시되니 정녕코 신화역사
빈곤한 탐라국 천년 부귀영화 누린다

내달린 붉은 등이 뜨겁게 타오르고
몰려든 불나방이 관능의 춤을 출 때
역사는 기억하리라 우리들의 이 신화

救援 39×39cm

오늘 우리*

푸른 빛 기억 속에 까까머리 모여 있네
눈앞에 가득 잡힐 아득한 오십년 전
정동골 고인 시간 속 변치 않는 우정들

퍼지는 노래 소리 우-리 배재학당
노송의 그늘 밑에 숨겨 둔 무지개 꿈
못다 한 아쉬움들이 가슴속에 살아나

애들아 친구들아 마음은 여기 있어
세상만 지나가고 우리는 그 자리야
마지막 남겨진 꿈을 사랑하자 라라라

*고교 동창들에 대한 헌시

和爱 · 2　65×45cm

1974 그 어느 날

어느 해 늦은 봄날 꽃비가 흩날리고
천생의 연분들이 백양로에 모여 들어
꿈꾸며 같이 한 시간 행복스런 청춘들

계절이 지난 흔적 사라진 텅 빈 공간
청송대 그늘 아래 모여드는 새내기들
젊음을 머금은 향기 온 숲속에 퍼지네

먼 훗날 다시 모여 나누는 정담 속에
모아 온 인생 지혜 나름의 시를 쓰네
황금 빛 기억을 잡고 꽃 피우는 우정들

畵中有詩以靜與玄
丁丑季春仲一作

나팔꽃 40×135cm

창창창

이제와 인생소회 어디에 쓰련마는

남은 시간 헤아릴 수 없으니 한 번 더 짚고 가세
오늘오늘 시간이 모여서 인생이라 하거늘
어찌 앞뒤가 있을까마는
끝끝내 놓지 못한 앞머리 붙잡고서
여기까지 끌고 왔네
아직도 늦지 않아 길고 긴 줄 던져 버리고
북채 잡고 둥둥둥
울려보고 노래하세 하늘 문이 열리도록
매일매일 꽃피는 새 아침이 올 때마다 인생이 쌓이네
그러다 어느 날 어둑한 저녁 길을 떠나는 거지

길고 긴 인생역정 길 알고 보면 하루 일

志道據德平生芒憂 癸巳春一升

竹牡丹 37×143cm

김삿갓 여행

김삿갓 풍류 따라 세상을 떠나보네

죽장에 삿갓은 갖추었으나 한 걸음도 떼기 힘드네
좁다란 산길이 제격이거늘 포장된 길 따라 걸어가니
자동차만 지나네
온전히 못 가는 삿갓의 발걸음이 제 발걸음을 붙잡네
이래서야 풍류는 고사하고 시 한 수 나오겠나
주막은 없고 무인텔만 그득한 길
안에서 비명소리 들리네
살기 좋은 세상 같거늘 어찌 이리 삭막한가
돈 없으면 먹지도 못하고 몸 뉘일 곳 없어
다 알고 있는 일 더 이상 갈 곳 없어

가다가 발걸음 돌려 산중으로 들어가네

不變心　35×135cm

임사재(姙師齋)* 시간여행

사임당 하늘에서 세상에 내려오니

이것이 무슨 변고인가 산수는 어디가고 말이 끌지 않는 마차만 다니는구나.

또한 인간들은 웬 개미집 같은데서 살면서 끊임없이 나오더냐. 그리고 이 냄새 또한 무슨 일이냐. 머리가 어지럽다. 여기서는 오래 못 살겠구나. 후손들이 고생한다.

저 멀리 강릉이 보이는구나. 영정사진을 보니 내 집이 맞구나.

꿈만 같다. 그러나 여기도 옛 강산은 아니로다. 산 위의 저 집들은 무엇이며 바다가 백사장은 다 어디가고 쓰레기만 떠다니느냐.

이때 한 젊은 사람 다가와 청하기를, 조선의 가부장 시대 여인들의 비참함을 알려 달라 하니. 사임당 가로되, 이 어리석은 것아, 네가 아직 철이 안 들었더냐, 조선도 사람사는 곳이다. 내 시대에도 꿈만 꾼다면 자기가 생각한 일다 할 수 있었다. 세상 탓하지 말고 옛 것을 배워 실천함이 어떨까 하노라. 내 아들이 기록한 선비행장*을 보거라. 마지막 한마디, 지금 후손들이 세상을 파괴하는 큰일 날 일을하고 있구나. 자연을 거스르면 더 큰 환란이 닥친다. 미리

志道 志道楼法一生若憂 癸巳壽一升

志道 35×135cm

준비들 하거라. 내 아들도 임란 전 그리 말했는데, 말을 안 듣고 결국 나라가 넘어 갔구나.

한마디 더, 지전에서 나를 **빼거라**. 거기 내 얼굴 들일 장소 아니다. 후세의 잣대 가지고 왈가왈부 하지 말고.

사임당 돌아가는 길 미세먼지 날린다

*임사재 : 사임당 이명
*선비행장 : 율곡 이이가 기록한 어머니 신사임당의 삶에 관한 책

富貴長榮 丁亥夏 一軒

富貴長樂・2 59×137cm

온고지신의 마음을 가지고
글로써 그림을 그려내며

    자신의 시를 해설하는 일은 쉽지 않은 일이다. 평론 전문가도 아닌 사람이 자신의 시를 평한다는 것은 스스로 자화자찬의 논리에 빠질 위험성을 갖는다. 다만 이번 시조집은 저자의 두 번째 시집이지만 첫 시조집이며, 저자의 어머니 문인화 작품을 포함하는 시조 서화집이므로 간단하게 저자의 시조 창작방향을 논하는 것으로 평을 대신하기로 한다.

    저자의 시조 방향은 온고이지신의 마음으로 시조를 짓는 일이다. 조상이 시조로 지어냈던 그때의 정감을 살려내고 그려 보는 것이다. 그러나 이 일이 쉬운 일은 아니다. 시대가 이미 수백 년이 지난 현대를 살면서 어찌 같은 정서를 가질 수 있을까 의구심이 든다. 다만 그렇게 노력함으로써 사라져 가는 시조에 생명을 불러오는 한 가지 방법이 될 것으로 생각한다. 몇 가지 시작에 대하여 검토해보면 다음과 같다.

    첫 번째가 과거의 틀을 가지고 현재의 일을 그려보는 일이라 할 수 있다. 그 많은 틀 중에 왜 굳이 과거의 틀을 사용하냐고 물어본다면 아직도 그런대로 그 틀이 쓸 만하다고 이야기하려 한다. 작금의 상황은 우리 문학에서 시조가 소멸되어가고 있는 위

기의 시점이다. 한편으로는 이웃 나라 시작법을 도입하여 무분별하게 퍼지는 일도 성행하고 있다. 우리는 다시 한 번 돌아봐야 한다. 우리가 누구인지 확인하고 우리 것을 살려내야 한다. 이것은 우리 모두의 책무라 생각한다. 과거의 틀을 사용하는 일은 보는 시각과 관점이 과거에 있을 수도 있으나 현대의 관점으로 풀어서 얼마든지 표현이 가능한 일이 된다.

두 번째가 시조의 자수를 맞추어 정형 시조를 짓는 일이다. 옛날에도 운용의 폭이 커서 어느 정도 자유로웠는데 굳이 자수를 맞추는 것에 회의적인 시각이 있다. 그럼에도 불구하고 맞추려고 노력하였다. 글자 수의 틀 안에서도 자유로움이 존재한다. 이 경우 표현의 제약을 받을 수 있으나 맞추도록 노력하는 과정에서 새로운 것을 창조하고 맛볼 수 있게 된다.

세 번째로 옛 그림이나 글에서 그 속에 내재된 정서를 느끼고 머리로 그려보고 시조로 표현하려고 노력하였다. 옛날 선인들은 시·서·화를 함께 즐겼다. 자연을 보고 그림을 그리고, 시를 지어 그 감정을 표현하였다. 또는 그림에 시를 넣기도 하였다. 그리고 그림이나 시를 보며 위안을 갖기도 했다. 따라서 시·서·화에서 당시의 정서를 느낌으로 끌어 낼 수 있다면 시조를 짓는 좋은 소재가 될 것으로 판단하였다.

네 번째로는 조선시대에 살았던 사람들을 그려보는 것이다. 특히 그 시대 여인들의 삶에 깊은 관심을 갖고 조금이나마 그려보려 한 점이다. 가부장적인 문화 속에서 자신의 삶을 구축한 여성들에 대해 현대를 살아가는 사람들에게 교훈이 되는 부분이 있다고 생각한 점이다.

다섯 번째 자연을 그리는 일이다. 과거의 자연은 자연 그 자체였다면 지금의 자연은 인공이 포함된 만들어진 자연이라 볼 수 있다. 인간이 만들어 놓은 문명의 결과는 자연에서 비롯된 것이다. 이미 자연은 많이 훼손되었다. 따라서 자연을 노래함은 우선 자연의 훼손에 대한 아쉬움을 토로할 수밖에 없다. 인간을 위해서 개발되고 난 쪼가리 난 자연이 아니라 온전한 자연 그 자체가 필요한 시대이다. 이를 아쉬워하고 그리워한다.

이와 같은 다섯 가지의 방향을 가지고 시조를 시작하였다.

첫 번째와 두 번째의 틀과 자수의 문제는 시조집 전편의 시가 그렇게 작법되었으며, 단시조, 두 수 연시조, 세 수 연시조, 3편의 엇시조 형태로 구성되었다. 〈그림을 그리며〉, 〈기다림〉 등 거의 모든 편에 해당한다고 할 수 있다. 세 번째 시·서·화의 내재된 정서의 방향은 〈몽유도원도〉, 〈세족도〉, 〈은사도〉, 〈초충도〉, 〈월하고주도〉 등이다. 네 번째로는 〈난설헌을 그리며〉, 〈황진이 사랑〉, 〈사임당〉 등이다. 다섯 번째에 해당하는 시조는 제일 많은데 〈무궁화〉, 〈억새〉, 〈허수아비〉, 〈모란〉, 〈수국〉, 〈일몰여행〉, 〈김삿갓 여행〉, 〈신화는 살아 있다〉, 〈다정한 이웃〉, 〈탐라귀농〉, 〈기후변화〉, 〈자연파산〉 등이다.

사실 작시된 시조를 다섯 가지로 구분하여 말하는 것은 무의미한 일이다. 모든 시조에는 위의 다섯 가지가 모두 포함되어 있다고 해도 지나친 말은 아니다. 단지 편의상 방향을 언급했을 따름이다. 결국 모든 방향이 생명과 그 생명을 포함하는 자연을 사랑하는 마음에 초점이 맞추어지고 있음을 알 수 있다.

김 선 환

서울 출신으로 배재고, 연세대학교 화학과 및 동 대학원(이학박사)을 졸업하고, 한남대학교
화학과 교수로 재직하고 있다.

《문학사랑》 시부문 신인작품상, 《현대시조》 신인상, 《아동문예》 동시부문 문학상을 수상하며
시인으로 등단하였고, 《월간수필문학》에 천료하여 수필가로도 등단하였다.

한국문인협회 및 대전문인협회 회원으로 활동중이며, 시집 『달빛을 삼킬 때』(2017)를 출간하였다.

일죽 이 종 렬 (一竹 李鍾烈)

대한민국, 일본, 동남아 미술대전 초대작가 및 심사위원을 역임하였다.

김선환 · 이종렬 시조 서화집

근화향(槿花鄉)에 서서

인　　쇄 | 2019년 9월 1일
발　　행 | 2019년 9월 10일

저　　자 | 김선환 · 이종렬

제 작 처 | ㈜이화문화출판사
　　　　등록번호 | 제300-2015-92호
　　　　주　　소 | 서울시 종로구 인사동길 12 대일빌딩 310호
　　　　전　　화 | 02-732-7091～3 (구입문의)

ISBN 979-11-5547-407-5

정가 15,000원